《永宁文艺丛书》编委会

名誉主编 任丽琴

主　　编 王学东　王富荣

编　　委 解怀福　马金成　韩少忠

　　　　　　贺　彬　梁颖萍　李明昆

永宁文艺丛书

美术卷

永宁县文学艺术界联合会 编

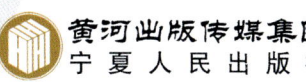
黄河出版传媒集团
宁夏人民出版社

图书在版编目(CIP)数据

永宁文艺丛书. 美术卷 / 永宁县文学艺术界联合会编. — 银川：宁夏人民出版社，2016.10
ISBN 978-7-227-06458-9

Ⅰ.①永… Ⅱ.①永… Ⅲ.①文艺—作品综合集—中国—当代 ②绘画—作品综合集—中国—现代 Ⅳ.①I217.1②J221

中国版本图书馆CIP数据核字(2016)第254365号

永宁文艺丛书·美术卷　　　　　永宁县文学艺术界联合会　编

责任编辑　白　雪　李彦斌
封面设计　马春辉
责任印制　肖　艳

宁夏人民出版社 出版发行

出　版　人　王杨宝
地　　　址　宁夏银川市北京东路139号出版大厦(750001)
网　　　址　http://www.nxpph.com　　　http://www.yrpubm.com
网 上 书 店　http://shop126547358.taobao.com　http://www.hh-book.com
电子信箱　　nxrmcbs@126.com　　　　renminshe@yrpubm.com
邮购电话　　0951-5019391　5052104
经　　　销　全国新华书店
印刷装订　　宁夏精捷彩色印务有限公司
印刷委托书号　(宁)0002866

开　　本　720 mm×980 mm　　1/16
印　　张　6.5　　　　字　　数　50千字
版　　次　2016年10月第1版
印　　次　2016年10月第1次印刷
书　　号　ISBN 978-7-227-06458-9/J·492
定　　价　82.00元

版权所有　侵权必究

序 言

永宁县委常委、宣传部部长 任丽琴

  位于银川南大门的永宁,是一块被母亲河疼爱的土地,奔腾的黄河在这里放慢了脚步,滋润着永宁这块富饶的宝地,钟灵毓秀的永宁在实现中国梦的征途中正焕发着勃勃生机。

  当旭日东升的时候,绚丽多姿的江南画卷呈现在世人的面前,唐徕渠、汉延渠缓缓流过,把两岸滋润得绿意盎然;观桥柳色、贺兰晴雪、鹤泉湖、三沙源、中华回乡文化园、纳家户清真寺……像一块块晶莹剔透的宝玉点缀着永宁,为"塞上回乡"增添了无穷的魅力。

  从古老的引黄灌溉中走来的永宁,平畴沃野,沟渠纵横,阡陌相连,如画的田野勾勒出迷人的色彩。四季鲜明,气候适宜,冬无严寒,夏无酷暑,物产丰富,旱涝保收,"贺兰山下果园成,塞北江南旧有名"果然名不虚传。

  从北典农城、上河城走来的永宁,沉淀着岁月的痕迹;明长城、李俊塔、纳家户清真寺等人文古迹见证了历史的沧桑巨变。天蓝水绿,交通发达,人民安居乐业,设施园艺及小城镇建设如火如荼,开放、美丽、富裕、和谐的永宁正走在小康的路上。

  这块土地上的干部群众不怕困难,不畏艰险,善于创造,紧跟时代的步伐,充分体现了习近平总书记最近在宁夏考察时提出的"社会主义是干出来"的著名论断。如何将这些宝贵的精神财富转化为建设"四个永宁",传递正能量,表现永宁人昂扬向上的精神风貌,形成"不忘初心,继续前进"的发展合力,是文艺工作者义不容辞的责任。

  欣逢社会主义文化大发展大繁荣时代,文学艺术百花齐放,编纂《永宁文艺丛书》,用我们的笔记录时代印记,展现永宁自然和人文景观,书写时代进步的乐章,为人民书写、为时代讴歌是当代文艺工作者肩负的使命。

  出版《永宁文艺丛书》,是永宁实施文化振兴工程的具体措施,是永宁文化历史的一次大检阅和汇总,是创建全国文化先进县的重大举措,是当代永宁文艺工作者留给历史的文学艺术记忆。这是一套厚重的、具有鲜明地方特色的文学艺术丛书,是一道充满诗情画意的亮丽风景。该丛书包括《小说卷》《散文卷》《诗歌卷》《美术卷》《书法卷》《摄影卷》,精选永宁文学艺术前辈蔡万、苗培本、姜白力、范长华、马新芳、周毓峰、韩少忠等人的文学作品,反映跌宕起伏的历史风貌;选择解怀福、王富荣、马凤鸣、陆梦蝶、刘岳、贺彬等人的文学作品,反映当代永宁人不断深化改革的精神;精选李明昆、马金成、李思实、李明波、李大伟、陈晓斌、李锦、马学谦等人的书法绘画作品,反映永宁人昂扬向上的精神风貌;精选梁颖萍、王建国、李洪林、包培、李振宇等人的摄影作品,形神兼备地展现永宁人奋斗在小康路上的精神状态。这些作品语言隽永,意境优美,饱含深情,韵味醇厚。

近年来,永宁的文学艺术界出现了良好的局面,县级文学刊物《塞上回乡》印刷发行30期,为广大人民群众提供了促进文学艺术交流与创作的平台。不断出版的作品令人惊喜连连,从姜自力沧桑厚重的《小东方》到范长华宏阔深邃的《乡下秀才》……这些作品从不同侧面反映永宁人在建设家园中波澜壮阔的历史征程,或从生活的细节入手,或从宏大的场面开局,处处见证作者真挚的情感和对生活的热爱。

从2013年开始,王富荣、马凤鸣进入鲁迅文学院学习,开创了永宁籍作家在文学殿堂学习的先河。马凤鸣、解怀福、王富荣、贺彬、刘岳不断在区内外刊物发表作品,其中马凤鸣近几年的文学创作成绩斐然,作品集中反映老百姓积极向上的精神风貌,发表在《朔方》上的小说《学董》被郎伟、苏涛在《2015年宁夏小说创作述评》里做了重点评论,小说选集《天堂来信》被中国作家协会重点推介。马凤鸣的散文曾获首届孙犁文学奖,小说获第七届新月文学奖、第十五届中国人口文化奖。刘岳的创作也非常活跃,近几年他在《诗刊》等刊物不断发表作品,诗歌中沉淀着一种荡人心魄的乡愁气息。值得一提的是,范长华《永宁方言精选》的出版,又为永宁的文化艺术画卷增添了一抹艳丽的色彩。我县艺术家的美术、书法、摄影作品,在银川市、自治区乃至全国的展览和评奖中多次入选或获奖,起到了宣传永宁、展示永宁的重要作用,大大提升了永宁县的知名度和美誉度。

伟大的时代需要创造伟大的业绩,伟大的业绩需要伟大的作品来讴歌、书写、表达、弘扬。新的历史时期,以习近平为总书记的党中央高度重视社会主义文艺工作。习近平指出:"文艺是时代前进的号角,最能代表一个时代的风貌,最能引领一个时代的风气。实现'两个一百年'奋斗目标,实现中华民族的伟大复兴梦,文艺的作用不可代替,文艺工作者大有可为。广大文艺工作者要从这样的高度认识文艺的地位和作用,认识自己所担负的历史使命和责任,坚持以人民为中心的创作导向,努力创作更多无愧于时代的优秀作品,弘扬中国精神,凝聚中国力量,鼓舞全国各族人民朝气蓬勃迈向未来。"

2015年9月11日,中共中央政治局审议通过了《关于繁荣发展社会主义文艺的意见》。这些都表明,我们迎来了做好新时期文艺工作新的春天。我们要更加自觉地贯彻习近平总书记在文艺工作座谈会上的重要讲话精神,引导全县广大文艺工作者,立足实际,深入生活,扎根人民,创作出更多无愧于时代的优秀作品,为人民书写,为人民立传,为时代放歌,在伟大时代创造伟大的业绩。

古往今来,包含民族精粹的博大精深的文化,是推动社会发展进步的重要力量,对于一个国家、一个民族、一个地区都是如此。建设"四个永宁"需要我们记录和颂扬,永宁改革发展需要我们见证和传播,历史的使命落在我们的肩上,任重道远,在交流学习中,我们手中的笔只有更加丰润有力,才能写出无愧于时代的伟大作品。

是为序。

2016年9月

目 录

李明昆 ·· 1

王建国 ·· 7

李明波 ·· 12

李思实 ·· 17

李大伟 ·· 24

陈晓斌 ·· 28

马金成 ·· 32

李彩霞 ·· 37

李芙蓉 ·· 41

左红琴 ·· 46

姜　文 ·· 50

徐　杉 ·· 54

曹怀东 ·· 58

杨　佳	61
王龙庆	64
纪晓文	67
纪晓华	71
潘建华	74
王京京	77
杨玉慧	80
董学和	83
马桂英	86
米生龙	88
任新兰	90
后　记	94

美术卷

李明昆

1986年毕业于西安美术学院，宁夏油画学会会员，银川市美术家协会理事，现任永宁县美术家协会主席、永宁县文物管理所所长、永宁县非物质文化遗产保护中心主任。油画、摄影作品获自治区、市、县展览金、银、铜奖。编著出版《永宁文化旅游》《永宁非物质文化遗产》《永宁文物》等丛书。油画作品发表于中外文化交流及自治区、市、县报刊，油画作品《呵护》被中韩文化大使收藏。

呵 护　布面油画　90 cm×130 cm

暖 光　布面油画　80 cm×100 cm

美术卷

苹 果 布面油画 150 cm×150 cm

回族新娘　布面油画　130 cm×130 cm

永宁县历史人物·李俊 布面油画 150 cm×150 cm

永宁县历史人物·王远　布面油画　130 cm×130 cm

王建国

汉族。曾任永宁县文化馆馆长,永宁县文联副主席,永宁县美术、书法、摄影协会主席。系宁夏美术家协会会员,银川市美术家协会、摄影家协会第一、二、三、四届理事。

多幅美术、摄影、书法作品参加全国、自治区、银川市作品展,有7幅作品被收录文化部群众奖、自治区政协纪念邓小平诞辰100周年美术书法作品集、《朔方》等画册和刊物。十余幅作品曾获文化部群星奖优秀奖及自治区一、二、三等奖。

广场演出之前　国画　100 cm×100 cm

青青小白杨　国画

黄盖头绿葡萄　　国画

白盖头紫葡萄　国画

梦 荷 国画

永宁文艺丛书

李明波

　　回族，1961年生于宁夏永宁。1982年毕业于宁夏大学美术系，现为永宁中学高级美术教师，银川市骨干教师，银川市美术家协会会员，宁夏美术家协会会员。1988年被银川市政府授予群众文化先进个人荣誉称号，2007年获永宁县文化人才贡献奖。美术、书法作品先后参加了自治区政协建党90周年、北方民族大学建校30周年展览并被收藏。国画《牡丹》获2011年银川市中小学师生作品展二等奖，作品《牡丹》获2015年全区教师书画大赛三等奖，作品入选2016年全区"热力杯"大赛展。作品发表于《银川日报》等报纸。近年来有近百幅作品被各界人士收藏。

梦　缘　国画

惠风和畅 国画 100 cm×100 cm

盛世年华 国画 100 cm×100 cm

飘香泗溢 国画 100 cm×100 cm

飘香泗溢 国画 100 cm×100 cm

美术卷

李思实

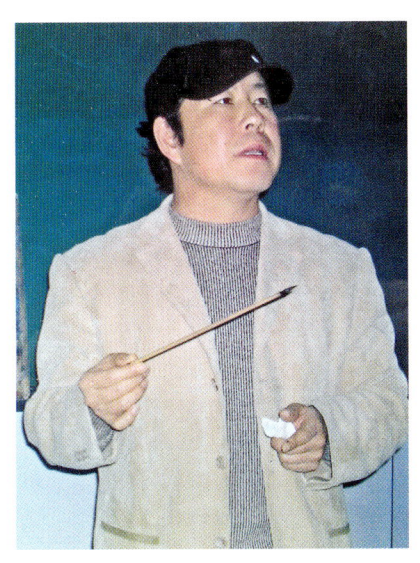

1960年生,陕西省子洲人。本科学历,宁夏美术家协会会员。独创水墨写实画。

绘画作品获文化部铜奖1次,获自治区一等奖2次,获银川市一等奖2次,获宁夏名家美术作品优秀奖1次(最高奖为优秀奖),获永宁县绘画作品一等奖9次。作品主要有《伙伴》《放学后》《老木匠》《闲来吹曲》《逝去的风景之五》。

逝去的风景之五　水墨写实　45 cm×35 cm

逝去的风景之七　水墨写实　45 cm×35 cm

卓 玛　水墨写实　180 cm×150 cm

高原汉子　水墨写实　180 cm×150 cm

放学后　水墨写实　180 cm×150 cm

伙　伴　水墨写实　150 cm×120 cm

美术卷

老木匠　水墨写实　200 cm×180 cm

李大伟

汉族,1969年1月生,本科学历,宁夏永宁县人。1991年毕业于宁夏大学美术系国画专业,2001年毕业于西北民族大学美术教育专业。擅长国画山水、花鸟。宁夏美术家协会会员,银川市美术家协会理事,永宁县美术家协会副主席,宁夏开明书画院特聘画师。

作品《塞外牧歌》1998年入选中国美术家协会主办的"中亨杯"全国书画精品大展,作品《江河万古流》1999年入选中国美术家协会主办的纪念孔子诞辰2500年全国中国画书法作品大展,作品《西夏魂》2000年入选中国美术家协会主办的新世纪全国中国画书法精品大展,作品《绿云》2004年参加第十届全国美术作品展宁夏展区预展获优秀奖,2014年获银川市教育系统师生书画展一等奖,2015年获全区美术教师书画评比一等奖。

塞外飞雪 国画 180 cm × 97 cm

贺兰春晓图 国画 97 cm×180 cm

山居图 国画 68 cm×138 cm

塞外秋雪早　国画　180 cm×97 cm

塞外牧歌 国画 68 cm×68 cm

永宁文艺丛书

陈晓斌

　　1970年8月生于宁夏永宁。永宁县蓝山学校美术教师,中教一级,宁夏摄影家协会会员,永宁县美术家协会秘书长,永宁县摄影家协会会员,永宁县书法家协会会员。作品入选自治区级、市级展览,在县级展览中,摄影、绘画、书法分别获得一、二、三等奖。

泛韵图　国画　68 cm×68 cm

山 水 国画 四条屏

山　水　国画　四条屏

美术卷

岩画天书　国画　138 cm×68 cm

永宁文艺丛书

马金成

　　回族,1964年5月出生于内蒙古乌海,大专学历,中共党员。曾任永宁县文化馆馆长,兼县文联副主席、文联秘书长,永宁县社会民间文艺团体协会秘书长。现任永宁县文化旅游广电局办公室主任,永宁县书法家协会主席。宁夏书法家协会会员,宁夏青年书法家协会会员,宁夏国标舞学会摩登舞B级摩登舞教师,银川市美术家协会会员,银川市书法家协会第四、五、七届理事,银川市政协书画院特聘书法家。

山里人家　国画　四尺斗方

早 秋 国画 四尺斗方

红色天空 国画 六尺斗方

登高望远　国画　四尺斗方

贺兰云峰　国画　四尺斗方

李彩霞

1993年7月毕业于宁夏教育学院美术系美术教育专业，同年到永宁县望洪中学任美术教师，现任教于永宁县职业技术教育培训中心，任永宁县美术家协会副主席。工作以来一直从事美术教育教学工作，参加全区美术教师基本功大赛获二等奖，参加自治区、银川市、永宁县美术优质课比赛并获奖。辅导的学生参加各类美术书画比赛、现场绘画比赛并获奖。自幼喜欢剪纸、绘画，业余时间就潜心钻研，学习剪纸、绘画技艺，作品多次参加自治区、银川市、永宁县各类展览并获奖。

花鸟牡丹　国画

红粉靓梳妆　国画

美术卷

荷 趣 国画

敬爱的毛主席　剪纸

敬爱的毛主席　剪纸

美术卷

李芙蓉

1970年7月生于宁夏永宁，1992年7月毕业于宁夏大学美术系，本科学历，现任永宁二小美术教师。2006年创办永宁县芙蓉书画艺术中心，长期从事少儿美术培训工作。热爱美术教育事业，辅导的学生多次在全国、自治区、市、县内获奖。个人多次被评为优秀辅导员，业余时间主要进行工笔画的研修学习，作品也多次获奖。

秋 荷 工笔画

冬日的荷塘　工笔画

美术卷

知 音 工笔画

43

相　伴　工笔画

出水芙蓉　工笔画

左红琴

　　山西大同人,2013 年毕业于宁夏大学美术学院油画专业,现任教于永宁县闽宁中心小学。作品《乡村女教师》获 2014 年永宁县"畅想中国梦,展示新永宁"美术书法摄影剪纸作品展二等奖;2014 年获银川市首届中小学音、体、美教师基本功大赛美术二等奖;2015 年参加"第四届全区中小学美术教师基本功展比赛活动,国画写生作品获一等奖、手工制作获二等奖、色彩创作获三等奖;2015 年获"全区中小学美术教师绘画、书法作品"绘画类二等奖;《回族人物》在 2015 年银川市首届女性书画暨"我的美丽家庭"最美瞬间摄影大赛获美术类三等奖。

铜　樽　*素描静物*

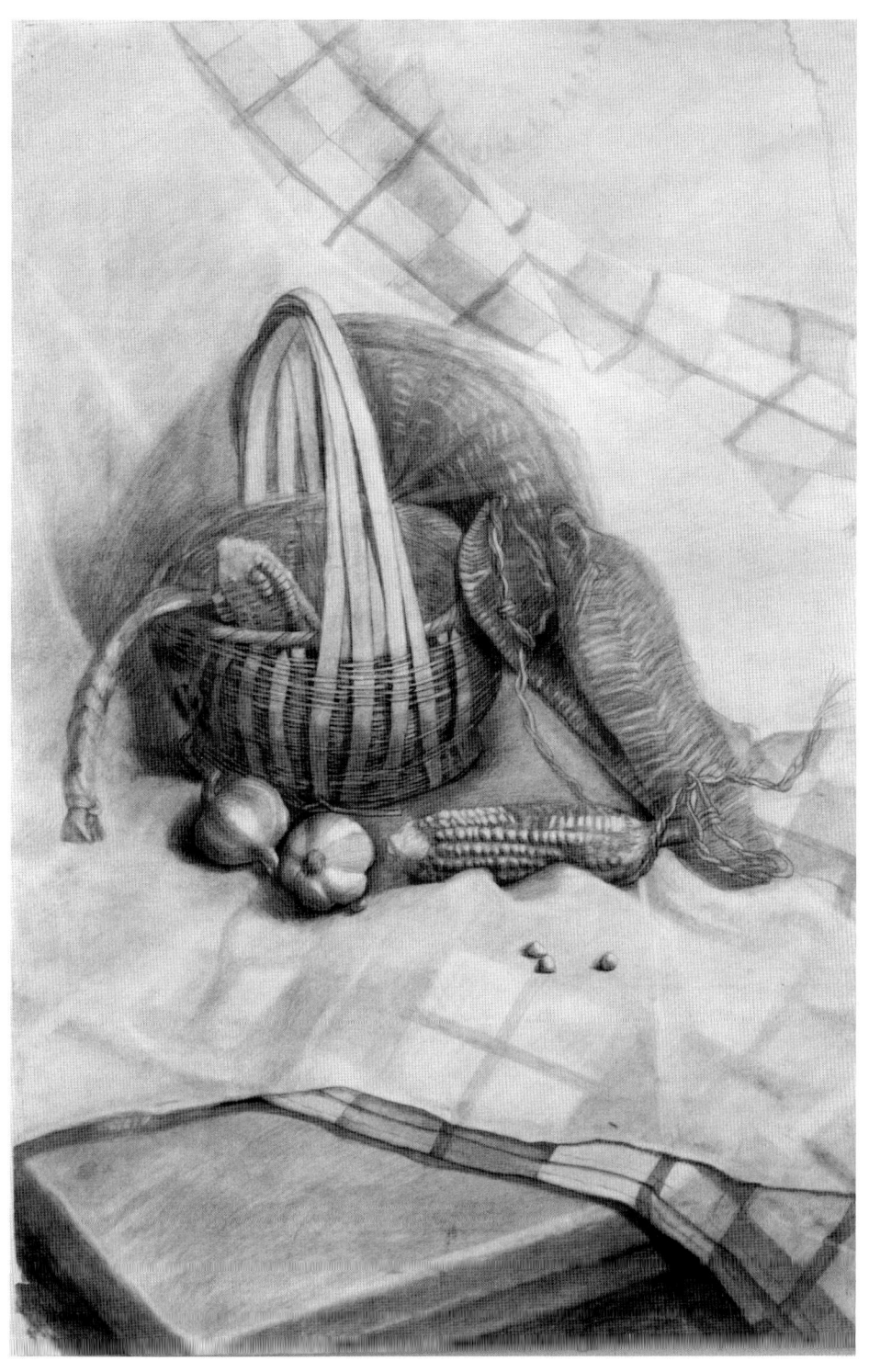

竹　篮　素描静物

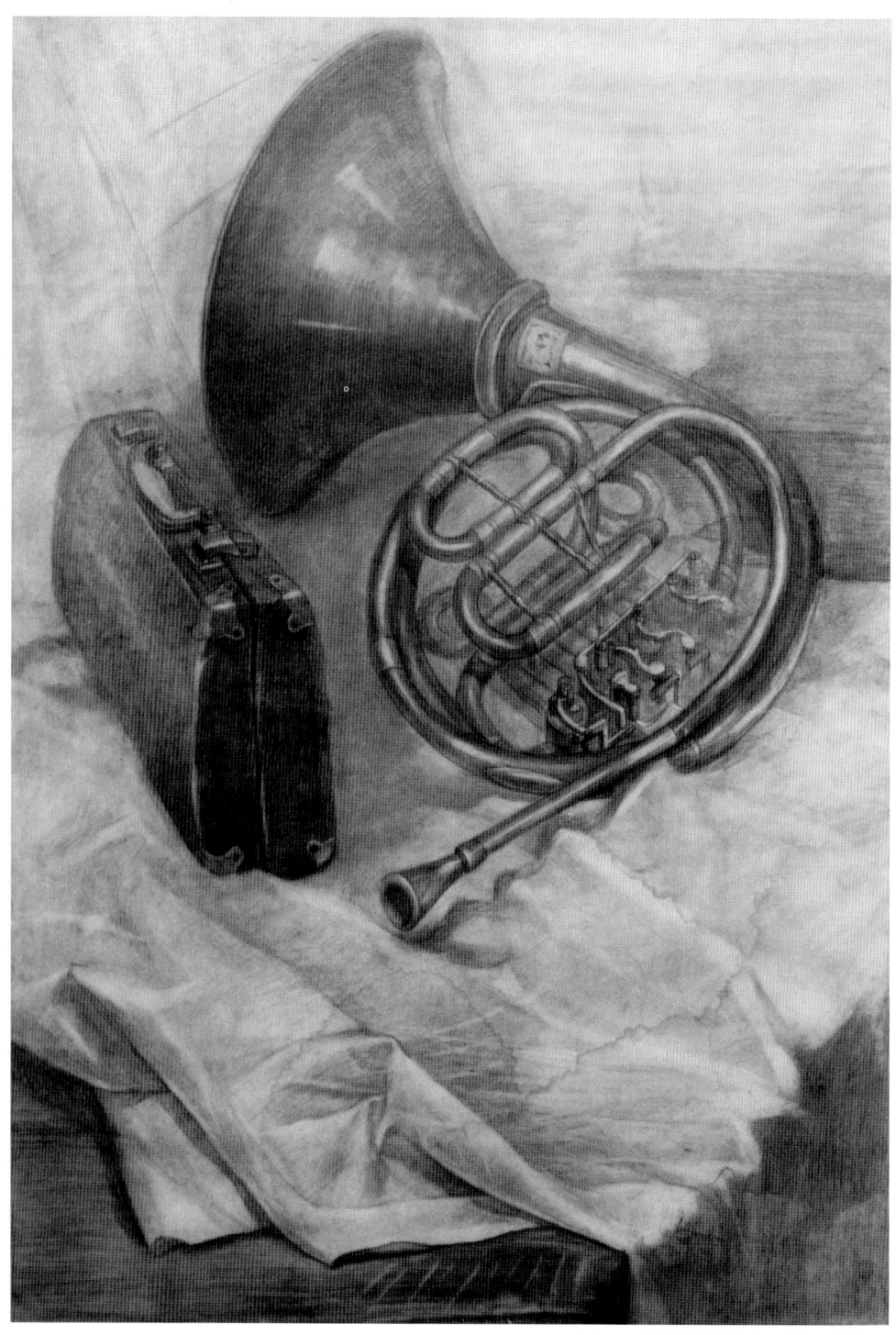

圆 号 素描静物

乡村女教师　油画　110 cm×180 cm

姜 文

宁夏职工美术家协会会员，宁夏书画发展促进会会员，永宁县文学艺术界联合会会员。1992年开始从事中学美术教育教学工作。2011年辅导学生获全国第六届"飞天杯"书画摄影展铜奖，本人获优秀辅导员奖；2011年辅导学生在银川市"宝湖杯"师生书画赛中分别获一、二、三等奖；2012年分别获银川市青年教师基本功选拔赛初中组立体制作二等奖、国画创作一等奖、色彩创作一等奖；2013年获永宁县"永宁新貌"职工美术书法作品展二等奖。

氤氲美　国画

九寨风光　国画

秋山雨后　国画

美术卷

溪流万壑　国画

永宁文艺丛书

徐 杉

满族,现任永宁中学美术教师,系宁夏美术家协会会员、银川市美术家协会会员、宁夏书画发展促进会理事。作品多次参加自治区、市、县美术作品展并获奖。作品《山水画》2014年获宁夏回族自治区成立50周年"建功杯"书法大赛入展奖,作品《黄河万里》2014年获"回族风情"三等奖,作品《回望》2015年获永宁县"墨韵回乡"展出三等奖,作品《秋之韵》2015年在"梦想中国·立德树人"全区教育系统师生书画大赛中荣获教师组二等奖。作品多次发表在《宁夏日报》《银川日报》《银川晚报》《宁夏画报》等报刊。

牡丹绝色三春暖　国画　180 cm×60 cm

春风雅韵 国画

秋 艳 国画

秋巴赋 国画

曹怀东

1968年生,宁夏永宁人。1992年毕业于银川师专美术系,2000年毕业于西北师范大学美术教育专业。擅长西画。辅导的学生多次获得国家、自治区、银川市、永宁县各类书画比赛奖项。作品也多次获奖,《素描人物》获得第十届校园时代国家级书画大赛成年组一等奖。

搏击长空 水粉画

岳　飞　国画

女青年肖像 素描

杨 佳

回族,1996年毕业于宁夏大学(银川师专)美术系美术教育专业,2000年8月毕业于西北民族学院美术教育专业。先后任教于永宁县仁存中学、永宁四中,现任教于永宁县职业技术教育培训中心。从教20年来,曾获银川市首届中小学美术教师专业技能大赛一等奖,自治区美术课件评比一等奖。先后获得三届银川市优质课比赛二等奖,承担银川市美术教学观摩课一次。辅导的学生参加各类绘画比赛均获各种奖项。擅长国画,业余时间多专攻写意花鸟和书法。系永宁县美术家协会会员。

春色如许　国画

双宿双飞　国画

荷 国画

王龙庆

陕西咸阳人,1975年3月插队在甘肃省和政县三十里铺公社知青农场,1978年参军入伍在总后勤部汽车49团从事文书宣教工作,1982年复员分配到甘肃省临夏市卫生防疫站工作,后调入永宁县疾病预防控制中心从事宣教工作至今。从小酷爱美术,学习剪纸、泥塑、摄影等。作品多次参加自治区、市、县举办的各类画展,曾在市级电视台录制剪纸专题片,参展作品多次获县级一、二、三等奖。

秋 歌　国画

美术卷

和谐 国画

守 望 国画

纪晓文

出生于山东青岛。受家姐纪晓华的影响，自幼酷爱绘画并得到书画名家的指点。作品保留了传统工笔花鸟画恬静、典雅的特点，风格雅致，清新自然，多次参加永宁书画展览并获奖。现就职于宁夏伊品生物工程有限公司，兼任公司书画协会副会长，部分作品刊登于《塞上回乡》等刊物上。

月间魅影　工笔画　66 cm × 66 cm

暗香浮动 工笔画 66 cm×66 cm

芳姿绰然　工笔画　66 cm×66 cm

百合洁无瑕 工笔画 66 cm×66 cm

纪晓华

1971年出生,自幼酷爱绘画,多次参加永宁县绘画比赛并获奖。在绘画创作中,擅长工笔花鸟的绘制,画风沉稳,造型大方,设色雅致。

海棠春月　工笔画　65 cm×110 cm

夏　戏　工笔画　66 cm×66 cm

香飘十里　工笔画　65 cm×110 cm

潘建华

汉族,宁夏永宁人,生于1968年,农民,自幼喜欢绘画,酷爱书法。在劳动之余潜心研习素描画、色彩画。创办个人画室。自2010年以来,主要以人物素描、静物、色彩为主,临摹中国水墨画。作品在市、县文化局多次展出并获奖。

京剧作家翁偶虹　国画

农妇像 素描

雷　锋　素描

美术卷

王京京

　　退休干部,1953年5月出生,永宁县工商联原副会长兼秘书长,永宁县政协第六、七届常委。自2000年起,进入永宁县老年大学学习。2013年6月,有6幅作品在银川市老干部(老年)书画协会成立画展中参展。2005年12月至今,有多幅作品在永宁县美术、书法、摄影展中参展并获奖。

猫戏图　国画

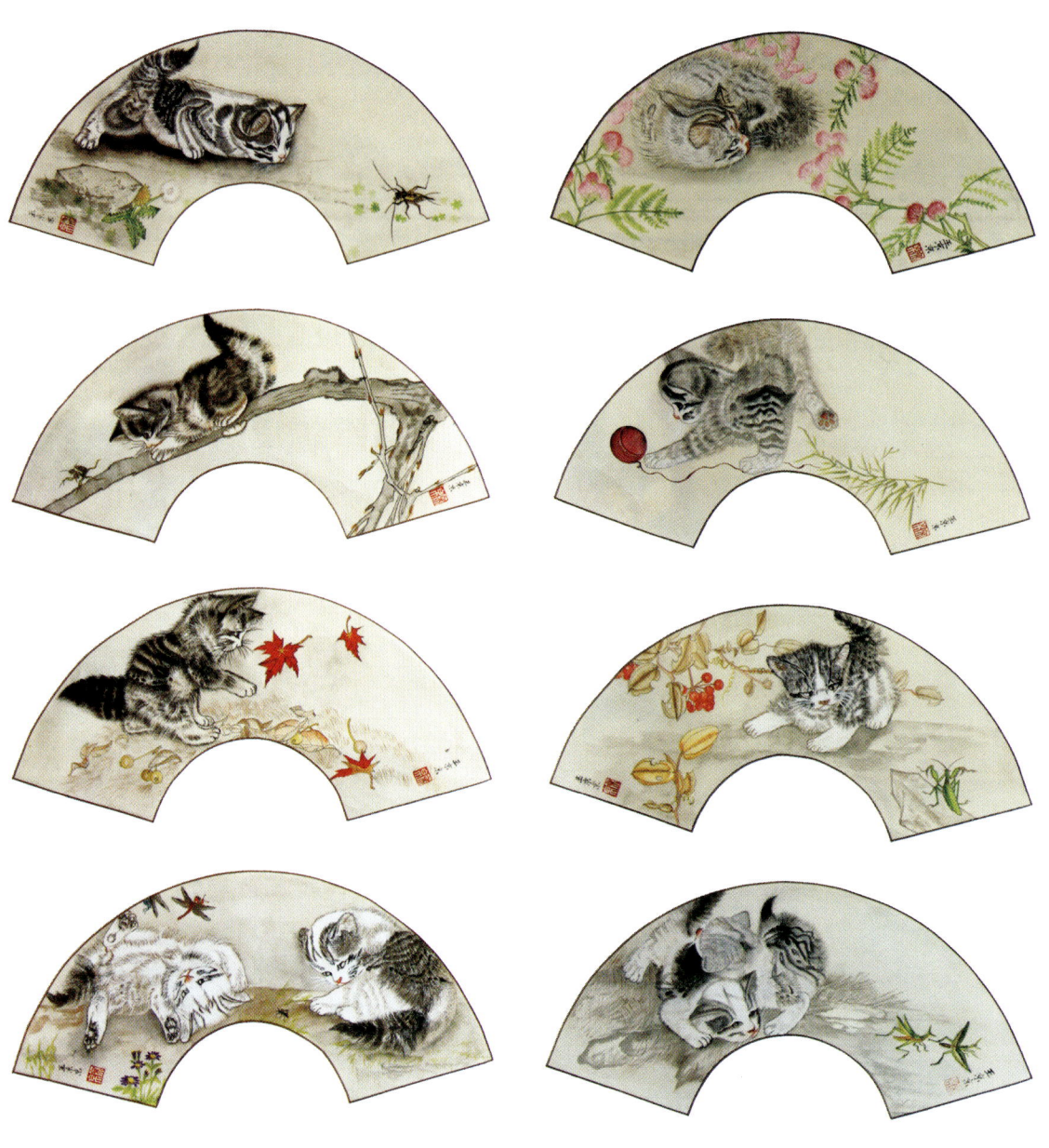

猫戏图　国画

春色满园 国画

杨玉慧

回族，67岁，永宁县财政局退休干部，副主任科员，银川市老干部书画协会会员。

退休以后，进入永宁县老年大学书画班学习。书法作品于2005年8月参加自治区"纪念红军长征胜利七十周年暨抗日战争胜利六十周年"宁夏老干部书画艺术展；2013年9月，在永宁县老年大学十周年校庆书画作品展中获优秀奖。

春色常驻　国画

人间第一玫瑰香　国画

春　国画

董学和

1950年生，退休干部，永宁县畜牧局原党总支书记、副局长，银川市老年书画学会会员。

2009—2011年，在银川市老年大学书画班学习，师从赵红、张少培学习国画；2012年，在永宁县老年大学书画班继续学习国画；2013年以来，书画、摄影作品多次在自治区、市、县书画展中展出并获奖，部分作品被收入自治区、市、县有关书画作品集。

唯有牡丹真国色　花开满园春　国画

出淤泥而不染　濯清涟而不妖　国画

山青(清)水秀　国画

永宁文艺丛书

马桂英

回族,宁夏永宁人,退休后从事美术作品创作。作品先后参加自治区、银川市、永宁县展览并获奖。

牡 丹 工笔画

美术卷

牡　丹　工笔画

牡　丹　工笔画

永宁文艺丛书

米生龙

中共党员,经济师,永宁县第十一届人大代表。曾任永宁县望洪镇经委主任、永宁县交通运输管理所所长等职务。现已退休。喜爱美术,长期坚持花鸟画创作。退休后在宁夏永宁县老年大学学习绘画。

春之韵　国画

美术卷

富贵吉祥　国画

任新兰

1960年出生,小学文化程度。系中华民族文化促进会剪纸艺术委员会会员,银川市民间文艺家协会会员,宁夏老年大学剪纸工艺学会会员。

自幼喜欢剪纸、绘画,在接受外婆和母亲传统剪纸技术的基础上,将剪、贴、刻等技艺糅合在一起,结合宁夏本地民俗民情,创作多幅具有民族地区特色的作品。2005年,进入宁夏老年大学剪纸班学习,技艺更加精湛。2010年3月,在银川市文化艺术中心举办的作品展览中荣获二等奖。作品《只生一个好》在"国策放歌三十载,计生铸就新辉煌"——纪念中共中央《公开信》发表30周年暨"丽人杯"首届银川人口文化节书法、美术、摄影、剪纸作品展览中荣获优秀奖。2015年,评为韩美林艺术基金获得者。

剪纸作品

剪纸作品

剪纸作品

美术卷

永宁县文联会员在革命老区采风合影留念

后 记

在永宁县委、人大、政府、政协的大力支持和帮助下,由永宁县委宣传部、县文联共同策划编辑的《永宁文艺丛书》(共6卷)终于与广大读者见面了,这是永宁县23万各族人民文化生活中的一件大事,令人欣喜,值得祝贺。

永宁,是个神奇、美丽的地方。这里东为黄河之滨,西倚巍巍贺兰;这里气候宜人,土地肥沃,流光溢彩;这里物华天宝,人杰地灵,社会安宁,人民幸福;这里历史悠久,人文荟萃,文化底蕴深厚。独特的地理位置、丰富的自然资源、深厚的文化底蕴,成为艺术家们创造文艺作品取之不尽、用之不竭的动力和源泉。多年来,永宁艺术家们放眼世界,关注本土,深入生活,观察生活,发现生活,积极开发、挖掘、利用好这笔宝贵的财富,为提升县域文化内涵做出了不懈努力。无论是老作家姜自立、范长华,还是青年作家解怀福、陆梦蝶、马凤鸣、王富荣、刘岳等,他们孜孜以求,在文学的百花园里笔耕不辍,辛勤耕耘,为繁荣永宁文艺事业做出了应有的贡献。特别是回族青年作家马凤鸣,他的《二毛皮》荣获全国孙犁文学奖,散文《风雨沙坡头》获"美文天下"首届全国散文大赛一等奖,小说《天堂来信》荣获第七届新月文学奖,为永宁乃至宁夏赢得了极高的荣誉。

我们赞美春天,走近春天,冰雪就会悄悄融化;我们喜爱音乐,走近音乐,生命就会轻舞飞扬;我们歌颂清泉,走近清泉,心灵就会澄澈明净。当我们怀着崇高的敬意走近艺术殿堂的时候,就会感到踏在了坚实的大地上,心灵时时氤氲着文学艺术的紫气祥光,精神世界感到无比的充实与富足。澎湃的激情,必然燃烧起熊熊的火焰;辛勤的耕耘,必然换得满园瓜果飘香。一批在区内外崭露头角的文学艺术名家,为繁荣永宁文艺事业提供了有力的资源保障;为宣传永宁、展示永宁、提高永宁的知名度和美誉度注入了强劲的动力。

几年前,县文联领导就有编辑《永宁文艺丛书》的想法,他们在繁重的工作之余,不计个人得失,默默无闻地做了大量前期准备工作,但由于种种原因未能如愿。如今梦想照亮现实,一缕缕曙光照耀着文艺爱好者的心扉,叹息与沉默在瞬间荡然无存,有的只是喜悦与感动。

入选本丛书作品的作者大都是永宁籍人或是曾经在永宁工作过的文学艺术爱好者,他们勤勤恳恳、任劳任怨地坚守在各自的工作岗位上,抒写着普通而又不平凡的人生;他们摒弃浮华,恪守清贫,汲取养料,勤修艺术,抒写着时代的强音与辉煌。他们,向着艺术的高峰一步步攀登。一首优美的小诗,一个感人的瞬间,一段悲欢离合，一生难忘的情怀，都被他们描绘得绚丽多姿、质朴无华。编辑出版《永宁文艺丛书》，这在永宁文联的历史上尚属首次。有鉴于此，选入丛书中的作品难免会有不足之处，我们希望在永宁文艺创作的征程中留下一些值得回味的印迹。正如徐志摩所说："至少我们的胸中，在现在生命的出发时期，总应该培养一点寻求真理的诚心，点起一盏寻求真理的明灯，不至于在生命的道路上只是暗中摸索，不至于盲目地走到了生命的尽头，什么发现都没有。"作家只有站在时代的前沿，与人民群众同呼吸、共命运，深深地扎根于人民群众之中，其作品才会保持旺盛的艺术生命力。

《永宁文艺丛书·小说卷》由解怀福同志负责组稿、编辑，《永宁文艺丛书·散文卷》由韩少忠同志负责组稿、编辑，《永宁文艺丛书·诗歌卷》由贺彬同志负责组稿、编辑，《永宁文艺丛书·美术卷》由李明昆同志负责组稿、编辑，《永宁文艺丛书·书法卷》由马金成同志负责组稿、编辑，《永宁文艺丛书·摄影卷》由梁颖萍同志负责组稿、编辑。尽管这六本集子的主题、题材各不相同，但都是经过编委会集体讨论筛选，反复修改润色，最终才定稿的。杨仁山、杨小林等一大批杭州知青的作品，由于我们与作者一时无法联系，未能入选，还有一些比较好的作品因篇幅容量等方面的因素没能入选，恳请作者谅解。

本丛书组稿、筹备及出版几经周折，历时半年，工作千头万绪。2016年3月初，县文联首次召开了组稿座谈会。会上，各协会主要负责人对出版本丛书的现实意义给予充分肯定，纷纷表示要积极参与，大力支持。后又多次召开组稿编辑通联会议，共同商谈编辑出版事宜。为了编辑好本丛书，编审人员付出了大量的艰辛劳动，以弘扬主旋律的欢悦和传递正能量为主旨，克服重重困难，使本丛书得以顺利出版。

流年似水，岁月峥嵘。展望未来，前景广阔，任重道远，让我们扬起时代的风帆，肩负时代所赋予的责任与使命，不断传承中华民族的精神命脉，为永宁的发展代言，为永宁的崛起代言，创作出更多讴歌时代、反映人民心声、具有思想性与艺术性的文艺作品，为永宁县文学艺术事业增光添彩，用心智和汗水谱写出更加绚丽的华彩乐章。

在此，我们代表本丛书的编辑和作者对所有关注、支持、帮助本丛书出版工作的各位领导、各位同仁表示衷心的感谢！由于编者水平所限，选编篇幅所限，所存疏漏及遗珠之憾在所难免，敬请广大读者批评指正！

2016年9月